Les sons de Balthazar

Éditrice : Claire Cagnat
Conception graphique : Raphaël Hadid - Mise en pages : Philip Garcia
 – ISBN : 978-2-218-98106-7

Loi n°49 956 du 16 juillet 1949 sur les publications destinées à la jeunesse.
Dépôt légal : 98106 7 / 04 - mai 2018 - Imprimé en France par Clerc s.a.s. – 18200 Saint Amand Montrond

Les sons de Balthazar

Marie-Hélène Place - Emma Kelly
Illustré par Caroline Fontaine-Riquier

Hatier jeunesse

Balthazar s'assoit sur la plage,
il prend un coquillage
pour écouter la mer.

Fais les sons qu'il met
dans son coquillage.

Dans mon coquillage, je mets le son du vent.

Fais le son du vent.

Dans mon coquillage, je mets le son de la pluie.

Fais le son de la pluie.

Dans mon coquillage, je mets le son du ronflement.

Fais le son du ronflement.

Dans mon coquillage, je mets le son du sifflet.

Fais le son du sifflet.

Dans mon coquillage, je mets le son du cheval.

Fais le son du cheval.

Dans mon coquillage, je mets le son des pleurs.

Fais le son des pleurs.

Dans mon coquillage, je mets le son de me moucher.

Fais le son de te moucher.

Dans mon coquillage, je mets le son du bisou.

Fais le son du bisou.

Dans mon coquillage, je mets le son du cœur.

Fais le son du cœur.

Dans mon coquillage, je mets le son du hibou.

Fais le son du hibou.

Balthazar s'assoit sur la plage,
il prend son coquillage
pour écouter une histoire.

Tourne la page.
Fais les sons qu'il entend
dans son coquillage.

Une nuit de grand vent

 et de pluie, 

pendant que tout le

monde dormait, 

le train a sifflé trois

fois . Une poupée

était attachée sur les rails.

Et alors, et alors, et alors ?

Balthazar est arrivé,
sans se presser, le beau
Balthazar, le grand
Balthazar, avec son cheval

et son grand
chapeau.

Il a libéré la poupée qui pleurait,  il a mouché son petit nez,  elle lui a fait un gros bisou sur la joue,  le cœur de Balthazar battait très fort. 

Ils sont partis tous les deux au clair de lune, accompagnés par le hululement lointain du hibou.